Books on Demand GmbH
Norderstedt
Mai 2001
ISBN 3-8311-2225-3

Printed in Germany

Der Goldapfel von Sylt

Novelle

Wie täglich war ER am Strand des Wattenmeeres entlanggelaufen, um dort seinen Vormittagsspaziergang zu machen, der bei festem Schritt etwa eine gute Stunde dauerte. Den Strand betrat ER immer vom selben Zugang aus, vorbei an einer Gaststätte, die ihn daran erinnerte, daß ER bei dem vielen Fisch, den Krabben und Muscheln auch endlich wieder einmal ein richtiges Stück Fleisch, ein saftiges Steak oder ein paniertes Schnitzel, essen wollte. Aber wenn ER abends den Badestrand verließ, fuhr ER von dort aus in ein von ihm sehr geschätztes Fischlokal, weil ER als Badener seinen Urlaub auch dazu nutzen wollte, ausgiebig davon zu essen, da ER nun einmal diese Feinheiten zu Hause so frisch nicht bekommen konnte. Der vormittägliche Spaziergang führte ihn am Kliff vorbei, bis ER dann nach einem weiteren Stück Weges den Strand verließ, eine kleine Böschung hinaufstieg, einen Feldweg betrat, der ihn nach etwa zweihundert Metern zu einem ausgetrampelten Pfad führte, der parallel zu seinem Strandgang verlief, nun jedoch in entgegengesetzter Richtung und recht hoch über diesem. Der am Rand mit Heidekraut bewachsene und in die Landschaft eingeschnittene Trampelpfad endete vor einer bequem zu gehenden Holztreppe, die ihn geradewegs zu einem angesehenen Landgasthof führte, der dort mitten in der Heidelandschaft stand und den ER wegen der vorzüglichen Küche sehr schätzte.

Vorbei an diesem schönen Haus lief ER auf einer von Autos befahrenen Straße in sein behagliches Ferienhaus, das ihm sein jahrzehntelanger wohlhabender Freund und dessen Frau seit vielen Jahren meist gegen Mitte August - völlig kostenlos - liebenswürdigerweise zur Verfügung stellten und das jeweils nur etwa zehn Minuten Fußweg von dem Landgasthof und dem Zugang zum Wattenmeer entfernt lag, sowohl für den Wattspaziergang als auch für den Besuch des Landgasthofes also eine sehr günstige Ausgangslage. ER wußte das zu schätzen und zu nützen.

ER war jetzt dreiundsechzig Jahre alt, Akademiker, in guten finanziellen Verhältnissen, klassisch gebildet, außergewöhnlich belesen, seit Jahrzehnten beruflich erfolgreich und angesehen, noch nicht im Ruhestand. ER war weder pessimistisch noch optimistisch gesinnt, sondern aktivdienend im Beruf und in Ehrenämtern, so vor allem als Ratsherr seiner Heimatgemeinde, wo seine Familie schon seit Jahrhunderten ansässig war und immer einen Gemeinderat stellte. ER bewohnte ein großes Haus im sonnigen Baden. Früher waren die wohlgeratenen Kinder und seine schöne und um Jahre jüngere Frau mit nach Sylt gekommen, doch Tochter und Sohn waren nun erwachsen und hatten ihr Studium erfolgreich abgeschlossen. Die bevorstehende Hochzeit der Tochter in wenigen Wochen beschäftigte seine Frau zu sehr mit den Vorbereitungen, und so war ER schon das dritte Jahr hintereinander allein nach Sylt gefahren. Sein beeindruckender Vater war im Zweiten Weltkrieg gefallen, eigentlich von jugoslawischen Partisanen ermordet worden, seine gebildete und gütige Mutter war früh verstorben, das beachtliche Geldvermögen der Familie 1948 bei der Währungsreform verlorengegangen. Wenn ER nach Sylt fuhr, klebte ER sich ein kleines Plakat an das Autorückfenster mit der Aufschrift BADEN, denn die Sylter können zwischen Baden und Württemberg nicht unterscheiden, sondern bezeichnen die Bewohner fälschlicherweise allesamt als Schwaben, was ER aber als Angehöriger einer uralten badischen Familie nicht ertragen konnte, denn in seinen Kreisen gelten die Württemberger in ihrer Lebensart als sehr schlicht. ER war also allein in dem schönen Ferienhause, ER konnte sich seinen Tagesablauf einteilen, wie es ihm gefiel, dazu feinschmeckerisch essen und trinken; das Angebot auf der Insel an Feinschmeckerlokalen war beachtlich, ja, einige konnten durchaus mit den berühmten badischen und elsässischen Restaurants mithalten. Ein väterlicher Freund, der seit Jahrzehnten seinen Sommerurlaub auf der Insel verbrachte und dort jeden Winkel kannte, war mit ihm und seiner Frau auch in die als Geheimtip geltenden Restaurants gegangen. In seiner Heimatgemeinde befand sich ebenfalls ein angesehenes Gasthaus, ins Elsaß und zum Schwarzwald hatte ER von seinem Wohnhaus aus keine Stunde zu fahren. ER besuchte daher immer wieder einmal das alte, wunderschöne Friedrichsbad, aber auch die moderne Caracalla-Therme in Baden-Baden.

ER hatte eine große Ledertasche mitgebracht, voll mit Büchern, Artikeln und Abhandlungen, die ER alle durcharbeiten wollte, aber alles nach Lust und Laune, ohne jeden zeitlichen Zwang, dem ER sonst täglich ausgesetzt war. ER sah noch recht gut aus, Sonne, Wind und Wetter hatten bereits jenen rotbraunen Farbton in seinem Gesicht und seinem Körper hervorgebracht, der ihn jünger und frischer aussehen ließ. ER pflegte am Badestrand nackt sich zu bewegen und zu baden und auch nackt im Strandkorb zu sitzen. In der Tat, ER hatte das Gefühl, daß sein Aufenthalt auf der Insel ihm immer guttat, ihm neue Kraft gab und den Alterungsprozeß verlangsamte. ER kannte alle bedeutenden Philosophien von der Antike an bis heute, ebenso war ER Kenner der Weltliteratur vom Gilgameschepos und Homers Epen bis zur zeitgenössischen Literatur, gleiches galt für die Kunst. Bei seinen einsamen Spaziergängen ging ihm vieles durch den Kopf, häufig verlor ER sich dabei so im Nachdenken über ein Problem, daß ER die herbe Schönheit der Insel gar nicht mehr wahrnahm. Seit ER die Sechzig überschritten hatte, zitierte ER gern - auch bei seinen Reden - Ovid:

„Eilig entschwindet die Zeit
Unmerklich beschleicht uns das Alter
Keinerlei Zügel Gewalt
Hemmet den flüchtigen Tag".

Seiner Frau konnte ER mit seinen vielen Zitaten manchmal auf die Nerven gehen, sie meinte - wohl zu Recht - ER solle sich mehr an das Horazsche „carpe diem" (nütze den Tag) halten, als ständig an Vergangenheit und Zukunft zu denken.

Als ER heute seinen Wattenmeerspaziergang antrat, war ER nach ausreichendem Schlaf - ER litt seit Jahrzehnten an Schlaflosigkeit - und vorzüglichem, selbst zubereitetem Frühstück gut gelaunt. ER trank Tee, einen Darjeeling first flush, nirgends auf der Welt war der Tee schöner und klarer als auf der Insel; zu Hause, in Süddeutschland, war zu viel Kalk im Wasser und machte ihn trüb. Seit vielen Jahren hatte ER sich das Abendessen abgewöhnt, das fiel ihm zwar oft nicht leicht, aber es tat ihm gut und verhinderte eine langsame, aber letztlich stetige Gewichtszunahme. Demzufolge hatte ER am Morgen immer einen guten Appetit, ER frühstückte gerne und recht üppig, wenngleich in nur kleinen Häppchen. Selbstverständlich galt dieser Verzicht nicht bei Reisen, im Urlaub und bei Einladungen. Wenn ER ein Abendessen vorhatte, versuchte ER das Mittagessen zu vermeiden. ER hatte nach Sylt etwas für die ersten Tage mitgebracht: Luftgetrockneten Schinken - spanischen Serrano -, häufig auch Schwarzwälder Schinken oder westfälischen Knochenschinken, Mailänder Salami, eine vorzügliche Gascogner Geflügelleberpastete, als Käse waren neben ausgezeichneten deutschen Käsen alsdann vorhanden Greyerzer, Gorgonzola mit Mascarpone, Sbrinz und Parmesankäse. In der Küche hatte ER einen kleinen Spankorb voll mit seinen selbstangebauten Tomaten hingestellt, von denen ER gerne zwei oder drei schon zum Frühstück aß. Die süße Abteilung bestand aus mehreren von seiner Frau zubereiteten köstlichen

Marmeladen, allesamt aus den Früchten des Gartens und seiner Obstwiesen mit über hundert Obstbäumen, die ER selbst schnitt und pflegte. An denjenigen Wochenenden, an denen gemeinsam gefrühstückt wurde, gab es selbstgemachte Butter aus Süßrahm, mit den heutigen Elektrogeräten ist das eine schnelle Angelegenheit. Leicht geröstetes Steinofenbrot mit dieser Butter bestrichen und einer frischen löffeldicken Erdbeer- oder Himbeermarmelade darauf bildeten einen Hochgenuß. Honig rundete das Frühstück ab. In seiner Heimatgemeinde gab es zwei vorzügliche Imker, besonders gern aß ER Kastanienhonig, der angeblich gut für das Herz sei, so recht daran glauben mochte ER aber nicht. ER hatte auch von seinem heimischen Metzger einige kleine Dosen mit hausgemachter Wurst mitgebracht. In seinem Ferienort auf Sylt gab es einen ausgezeichneten Bäcker, bei dem ER sich morgens frische Brötchen holte, oft konnte ER sich nicht beherrschen und nahm auch süße Stückchen mit.

ER hatte also gut gefrühstückt und war bestens gelaunt, nach außen zeigte ER keine Launenhaftigkeit, da seine Mutter schlechte Laune als Zeichen einer schlechten Erziehung bezeichnet hatte. ER pflegte bei seinem Wattspaziergang immer wieder einen prüfenden Blick auf die

Ufersteine zu werfen, die in allen Größen dort lagen, in der Hoffnung vielleicht doch einmal ein Stückchen Bernstein zu finden. Noch niemals hatte ER auch nur einen Krümel gefunden, was ihn nicht im geringsten ärgerte. ER ging auch hier, wie über vieles andere, mit Gleichmut darüber hinweg. Während ER in schnellem Schritt mit seinen Gummistiefeln über Sand und Steine lief, glaubte ER plötzlich, ein Fotoblitzlicht habe ihn für einen Augenblick geblendet. ER blickte um sich, weder vor ihm noch nach ihm und auch nicht auf der Höhe des Kliffs waren Menschen zu sehen, um seine Spazierzeit lagen die meisten Urlauber noch in den Betten oder frühstückten gerade gemütlich. ER schüttelte den Kopf und ging weiter, den Blick wieder auf den Strand gerichtet. Da blitzte es erneut. Die Sonne war zwischen weißen Wolken hervorgekommen; sie hatte möglicherweise ein Stück von einem zerbrochenen Spiegel getroffen, der Scherben lag wohl so, daß ihn der Widerschein ins Auge traf. ER blieb stehen. Und nun fand ER schnell die Ursache und den Platz des seltsamen Blitzes. Wenige Meter vor ihm lag etwas, das es sein mußte, immer wieder von sanften niederen Wellen für einen Augenblick überspült. Es war ein kleiner kugeliger Gegenstand, der golden aufblitzte, wenn das Wasser ihn freigab und die Sonnenstrahlen auf ihn fielen. ER stapfte zu dem offensichtlich runden Ding, berührte es mit der Eisenspitze seines Spazierstockes, den ER vor allem zum Stochern dabei hatte. Den Spazierstock benützte ER ansonsten nicht, sondern trug ihn waagerecht in der linken Hand. ER rollte den Gegenstand mit seinem Spazierstock hin und her und hob ihn schließlich auf. ER war ein Kenner goldener Gegenstände, und was ER da in die Hand nahm, sah nicht nur so aus, sondern wog schwer. Das Verhältnis von Gewicht und Größe könnte stimmen, das spürte ER sogleich. Sein Herz, das ihm in den letzten Jahren manchmal etwas Sorge bereitet hatte, klopfte nun heftig. Wäre es möglich, sollte ER einen kostbaren Gegenstand gefunden, gar einen sensationellen Schatzfund gemacht haben? ER rollte den rundlichen Fund auf seiner Hand hin und her, der Sand hatte sich gelöst - es mußte Gold sein! ER holte mit der rechten Hand aus seiner Hemdentasche seine Lesebrille und setzte sie auf. Zu Hause, in Süddeutschland, hatte ER in der Nähe seines Hauses Obstwiesen, auf der auch verschiedene Sorten von Apfelbäumen standen. Es war eine seiner vielen Liebhabereien, die ER immer noch betrieb, obwohl ihm im Frühjahr das Schneiden seiner zahlreichen Obstbäume manchmal schwerfiel. Da es meist viel zu viel Obst gab, brannte ER davon bei einem Regalinhaber mehrere Sorten Schnaps, fünfzigprozentig, wie in seiner Heimatgemeinde üblich. Da ER und seine Familie keinen Schnaps tranken, standen Korbflaschen voll davon in Reih' und Glied im Keller seines Hauses. Freunde und Bekannte ließen ihn sich auffallend gerne schenken; es dauerte lange, bis ihm ein guter Freund eines Tages anvertraute, seine Obstwässer würden für eine sehr gute Durchblutung sorgen. Das Brennen gab ER bald darauf auf. Die Vorräte würden für den Rest seines Lebens ausreichen.

ER verstand etwas von Äpfeln, und der rundliche Gegenstand vor ihm war gar keine Kugel, sondern es war ein goldener Apfel, wohl keiner in der Größe, wie die Menschen heutzutage Äpfel wollen, zwanzigmal gespritzt, damit sie groß, prall, ohne jegliche Flecken sind, nein, es war mehr ein Äpfelchen. ER sah durch seine Brille aus der leichten Vertiefung des Apfels den kurzen, kräftigen Stiel herausragen, und als ER den Apfel herumdrehte, sah ER sich bestätigt, denn der Rest der Kelchblätter, der Blütenboden, war klar erkennbar. Es mußte die Arbeit eines großartigen Goldschmiedes sein, so handwerklich vollkommen und fein war alles gearbeitet. Daß ER an die Arbeit eines Goldschmiedes dachte, war selbstverständlich, denn seit Jahrzehnten besuchten ER und seine Frau viele bedeutende Kunstausstellungen. Vor wenigen Monaten erst hatten sie einen goldenen Granatapfel in einer

Ausstellung über antike Städte im Reissmuseum in Mannheim gesehen, über dreieinhalbtausend Jahre alt, eine Leihgabe des „Bible Lands Museum" von Jerusalem. ER und seine Frau hatten den goldenen Granatapfel damit ein zweites Mal gesehen, denn zwei Jahre zuvor hatten sie ihn in Wien bei einer Ausstellung bewundern dürfen. ER hatte damals überlegt, ob ER sich nicht einen deutschen Apfel von seinem vortrefflichen Goldschmied in Augsburg machen lassen sollte, selbstverständlich hohl wegen des Goldpreises, der freilich nicht so hoch lag wie vor Jahren. Der Apfel in seiner Hand war aus massivem Gold, da gab es nicht den geringsten Zweifel für ihn. Je länger ER ihn durch seine Brille betrachtete, um so deutlicher erkannte ER seine Naturgestalt, es war ein richtiger Apfel, und zwar einer von der uralten Sorte, die es zu Hause hie und da noch gab, die aber kein Mensch mehr mochte und die man nicht einmal mehr vermostete. Die Äpfel dieser nicht übermäßig großen und sehr wenigen Streuobstbäume blieben unbeachtet hängen, oft bis in den Winter hinein, bis sie schließlich zur Erde fielen. Zu Hause kannte ER die Lage eines solchen Baumes, er stand auf einem verwilderten Grundstück am Rande eines Wäldchens. Dem gestaltenden Goldschmied mußte ein solcher Apfel ältester Sorte als Vorbild gedient haben. ER sah nun immer deutlicher kleine Unebenheiten und Linien, ganz wie in der Natur, so, als ob er gerade vom Baum gefallen wäre. Man könnte hineinbeißen, wäre er nicht aus Gold und würde man sich nicht die Zähne daran ausbrechen. Der von ihm und seiner Frau bewunderte Granatapfel war hohl gearbeitet und diente wohl als Halsschmuck, vielleicht war er auch ein heiliger Gegenstand gewesen, denn schon in der Antike wurde der Granatapfel als Sinnbild der Ehe und der Fruchtbarkeit verehrt. Auch die alten Germanen kannten den Apfel als Sinnbild von Fruchtbarkeit, Jugend, Manneskraft, Leben und Tod. „Das weiß heute niemand mehr," dachte ER. Für die Christen ist er die Frucht geworden, mit der Eva den törichten Adam verführte, und schließlich wurde der Reichsapfel zum Sinnbild der Weltherrschaft. Ein Schmuckgegenstand konnte das gefundene Goldäpfelchen nicht sein, denn es hatte keine Öse für eine Kette und war wohl auch zu schwer dafür. Also was war damit? Wem hatte es gehört? Wie alt war es? Wer hatte es geschmiedet? Wie kam es in das Wattenmeer vor Sylt? „Das ist nur ein Apfel," dachte ER, „aber er ist ein fast noch größeres Kunstwerk als der goldene Granatapfel." Durch jahrzehntelanges Betrachten von Kunstwerken, auch und gerade von Gold- und Silberschmiedearbeiten, hatten ER und seine Frau einen scharfen Blick für handwerkliche Vollkommenheit und

Ausgewogenheit der Form bekommen. ER und seine Frau waren der Auffassung, daß die Hauptaufgabe eines Kunstwerkes darin besteht, den Geist des sterblichen Menschen auf eine höhere Ebene zu heben, auf die er ohne die Hilfe des schönen Kunstwerkes von sich aus nicht gelangen kann. Der Mensch vergißt beim Betrachten des Kunstwerkes für einen Augenblick seine Erdenhaftung und seine zeitliche Begrenzung; für einen Sterblichen ist das sehr viel. Beide waren ein Leben lang Bewunderer der griechischen Klassik, vor allem der Bildhauerei, da sie in der Betrachtung des Schönen zugleich das Gute und Wahre zu finden glaubten. Der Auftraggeber des Kunstwerkes, auch des Gestalters, war ihnen nicht so wichtig, da sie der Meinung waren, daß das Kunstwerk grundsätzlich unabhängig sei. Sie hielten deshalb angebliche Kunstkenner für Barbaren, die ein Kunstwerk verwarfen, es gar zerstörten, wenn ihnen der Auftraggeber aus politisch- gesellschaftlichen oder weltanschaulichen Gründen nicht entsprach. Sie erkannten schon früh, daß das Streben nach vollkommener Schönheit mit dem Einhalten des Maßes zusammenhing, daß die Grenze zum Hochmut nicht überschritten werden durfte. Der große Künstler setzt sich selbst ein Maß und bringt Form und Gehalt in Einklang. Ein Sichverlieren in der Leidenschaft, also ein Übermaß oder verfehltes Maß, eine Darstellung oder gar Steigerung von Lust und Schmerz billigten sie nur wenigen Skulpturen zu, so dem „Laokoon" oder dem „sterbenden Gallier". Zwar steht das Kunstwerk in einer ganz persönlichen Beziehung zum wertenden Beobachter, doch ist es nicht dessen Lust und Laune, seinen Vorstellungen und Neigungen unterworfen, weil es einen Wert an sich darstellt und unabhängig vom Betrachter ist. Wenn ER an den goldenen Granatapfel und nun an den kleinen Goldapfel in seiner Hand dachte, war ihm wieder einmal klar geworden, daß ER und seine Frau sich für das Schöne entschieden hatten, die Mißverhältnisse in allen Formen nicht sehen wollten, weil ihnen alles Verzerrte und Niederträchtige, Darstellungen von ungezügelten Leidenschaften, wie Zorn, Haß, Gemeinheit und Schmerz gänzlich unangenehm waren. Sie hatten genug davon im wirklichen Leben und mußten damit fertig werden, in der Kunst wollten sie das nicht. Die häufige Darstellung des Häßlichen und Unangenehmen in der Gegenwartskunst - Kunst ist zeitlos - empfanden sie persönlich als menschliche Erniedrigung, weil solche Werke sie nicht erhöhte. Sie waren überzeugt, daß es eine Vorprägung im Menschen für das Erkennen vollkommener Schönheit gäbe. Sie bedauerten, daß im Gegensatz zu früheren Zeiten, noch als sie Schüler gewesen waren, Göttergestalten wie beispielsweise der Hermes von Olympia, der Apollon von Belvedere, die Venus von Milo, aber auch der Wagenlenker von Delphi nicht mehr als Erziehungsmittel gesehen wurden, hatte man doch dadurch junge Menschen erziehen können, auf der einen Seite durch Sport zur Schaffung eines schönen Körpers und auf der anderen geistig zur Erkenntnis und zur Anwendung menschlicher Tugenden. Und als ER auf den wunderschönen goldenen Apfel in seiner Hand blickte, fragte ER sich erneut, wer wohl der Schöpfer dieses goldenen Kunstwerkes war. Mit der Fertigstellung des Kunstwerkes entgleitet das Kunstwerk seinem Schöpfer, dessen natürliches Kind es dennoch nicht ist. Er zeugt und gebiert es nicht. Es ist nicht mit ihm leiblich verwandt, es kann deshalb auch unmittelbar nichts von ihm haben, weil es nicht den Atem des Lebens besitzt. Das Kunstwerk ist weder beseelt noch hat es Geist, es ist nicht viel mehr als vom Künstler gestaltete stoffliche Wirklichkeit. Gleichgültig was der Künstler schafft, es kann nicht Geist vom Geiste sein. Das kleine goldene Kunstwerk in seiner Hand konnte ihm nicht sagen, ob es in Freiheit oder Unfreiheit, ob unter guten oder bösen, armen oder reichen, schönen oder häßlichen Umständen entstanden ist, ob ein möglicher Auftraggeber geistig hochstehend oder begrenzt, ob er sittlich vollkommen oder haltlos war, das alles war belanglos. Von dem Künstler gar das Verhalten eines Heiligen anzunehmen, empfand ER als besonders töricht. Nur eines fordert das Kunstwerk über alle Zeiten hinweg: Seine unbedingte Duldung. Denn es kann weder Lob noch Tadel hören und sich nicht entsprechend äußern und wehren, da es unbelebt ist - und gerade weil es unbelebt ist, ist es ja unsterblich. ER lächelte vor sich hin. „Es ist töricht von mir, über Kunstwerke nachzudenken, da es so viel Urteile gibt wie Betrachter, es kann deshalb kein allgemeingültiges Urteil geben. Es ist völlig sinnlos, Streitgespräche darüber zu führen. Wie wollte sich ein einzelner Mensch zum Richter über ein Kunstwerk machen? Worte sind eigentlich entbehrlich, denn sie würden das Kunstwerk ja dann überflüssig machen. Weil der Goldschmied dieses anmutigen Apfels einen Sinn für Schönheit, Form und Maß hatte und höchstes handwerkliches Können besaß, hat er aus einem Klumpen Gold dieses Kleinod gemacht." Und ER fragte sich weiter: „Hätte ich mich über das Finden eines Goldklumpens genauso gefreut? Niemals, weil nur das Kleinod mir Freude und Genuß beim Betrachten gibt."

Je länger ER den kleinen Goldapfel beschaute um so mehr erkannte ER dessen Schönheit. ER fuhr mit seiner anderen Hand über ihn, ER streichelte ihn. ER hatte bereits ein Verhältnis zu dem Äpfelchen gefunden, eine heftige Bewunderung erfaßte ihn. Nach wie vor war keine Menschenseele zu sehen. ER holte sein Taschentuch aus der Hosentasche und barg darin seinen bescheidenen und zugleich kostbaren Fund. Einstecken konnte er ihn nicht, da war er denn doch zu schwer, so behielt er ihn, eingewickelt in sein Taschentuch, in seiner Hand und lief weiter. Ein Taschentuch in der Hand eines älteren Mannes fiel nicht weiter auf.

Die Fundstelle hatte ER sich sorgfältig gemerkt, ein größerer Stein lag am Ufer und ein paar morsche Pfähle ragten aus dem Wasser, also leicht wiederzufinden für gegebenenfalls wissenschaftlich-archäologische Überprüfungen. ER fragte sich, was mit dem Fund geschehen sollte. ER würde ihn vielleicht dem Germanischen Nationalmuseum in Nürnberg übergeben, das war wohl der beste Platz, dort gab es hervorragende Fachleute, die die mögliche Herkunft des Goldapfels finden und die sicher auch den historischen Wert bestimmen konnten. Im Nationalmuseum hatte ER jenen merkwürdigen Goldzylinder gesehen, dessen Rätsel erst jetzt gelöst werden konnte, wie ER bei einer ganz vortrefflichen Ausstellung über kostbare Funde aus der Bronzezeit in der Bundeskunsthalle in Bonn erfahren hatte, nämlich als goldene Spitzhüte für Fürsten oder

Priester. Und während ER zum Ferienhaus schritt, beschloß ER in seinem Herzen, den Goldapfel zunächst für eine Weile zu behalten, um sich an seiner Schönheit zu erfreuen.

Im Ferienhaus angekommen, zog ER sich um und reinigte dann sorgfältig in einem warmen Seifenbad den eigentlich gar nicht verschmutzten Apfel, trocknete ihn mit einem Papiertaschentuch ab und legte ihn auf den Tisch des Zimmers. Dann ging ER seinem weiteren Tagesablauf nach, fuhr zum Strand, aß abends fangfrischen Fisch, kam in das Ferienhaus zurück, wo ihn der Goldapfel auf dem Tisch erwartete. ER setzte sich in einen bequemen Ohrensessel und schaute ihn lange an. Das Hausbesitzerehepaar legte ihm jedes Jahr eine Flasche Champagner, Veuve Cliquot, als Begrüßungsgetränk in den Kühlschrank. ER öffnete sie, füllte ein Glas und prostete dem Goldapfel zu, nachdem ER sich mit einem Silberlöffel die Kohlensäure nach seinem Geschmack gerichtet hatte. Neureiche glaubten, ihm ab und zu sagen zu müssen, wenn sie das sahen, daß es eine Sünde wäre, die kostbare Kohlensäure auszuschlagen; früher hatte ER geantwortet, daß ER das nach seinem Geschmack richte, jetzt gab er schon lang keine Antwort mehr auf diese Besserwisserei. Über manches und manchen ging er stillschweigend hinweg, auch das war ein Urteil. Auf der Flucht vor den Franzosen am Ende des Zweiten Weltkrieges - 1945 - ER war damals noch ein Knabe, hatte ER bei den befreundeten Gastgebern im Schwarzwald abends als eine Art Einschlafmittel einen Schluck Veuve Cliquot bekommen. Ursprünglich hatte man einige Flaschen zur Feier des Endsieges sorgsam gehortet. Nun trank man diese Flaschen weg, damit sie nicht in die Hände der auch hier anrückenden Franzosen fielen; seitdem hielt ER ihr die Treue. Allerdings trank ER nur wenige Flaschen im Jahr. Ansonsten blieb es meist beim Weißburgunder aus dem eigenen Weinberg, der ohne Zutaten, etwas Schwefel ausgenommen, wie die Natur ihn hatte gedeihen lassen, in einem Holzfaß ausgebaut und im darauf folgenden Sommer in Flaschen abgefüllt wurde. Davon brachte ER seinen Gastgebern immer zwei Kartons mit, die ER ihnen in den Keller legte. In seiner badischen Heimatgemeinde pflückte ER im Frühsommer am Abend wilde Erdbeerchen in einem am Südhang gelegenen ehemaligen Weinberg, zu Hause schüttete ER sie dann in ein großes Rotweinglas und übergoß sie mit Champagner - ER nannte das sein Sommervergnügen. Niemand mißgönnte ihm das, alle fürchteten den Fuchsbandwurm. Das gewaltige Glas hatten ihm seine Kinder geschenkt und nannten es Aquarium. Trotz seiner feinschmeckerischen Vorlieben war ER mehr Pflicht- als Genußmensch, eingedenk des Goetheschen Wortes „genießen macht gemein". Die Frühbeete im Hausgarten mit den zahlreichen Kräutern und den Salaten, die Speisemorcheln, darunter häufig die „Köstliche Morchel (Morchella deliciosa)", die ER Ende April in kleinen, kalkbödigen Wäldchen an geheim gehaltenen Stellen fand, die Steinpilze und Krause Glucken im Spätjahr, Zicklein und Osterlämmchen von diesem, Schmalreh, Fasanen oder Hauskaninchen von jenem, die meist achtzehnpfündige Truthenne von der Jungfer Klara zu Weihnachten, das alles gab es neben vielem anderen noch immer in seiner badischen Heimatgemeinde und war für ihn von Kindheit an selbstverständlich. Vom frischen Spargel allerdings aß seine Familie ausschließlich die Sorte „Meisterschuß" aus dem zauberhaften Schwetzingen; wer diese kannte, wollte keine andere mehr.

ER drehte den Goldapfel, zentimeterweise, langsam herum, ER wollte diese in Gold ge- schmiedete Vollkommenheit der Natur genießen. ER hatte sich zuvor die achte Symphonie von Anton Bruckner aufgelegt. Auch daran hatten die Ferienhausbesitzer gedacht, denn sie kannten seine ausgeprägte jahrzehntelange Vorliebe für Bruckner und hatten deshalb schon vor Jahren alle neun Symphonien für seine Besuche bereitgelegt. Der mächtige Beginn des vierten Satzes der achten Symphonie gab ihm in schwierigen Situationen seines Lebens immer wieder Mut, Kraft und Hoffnung, eine innige Stelle des dritten Satzes ließ ihn an höhere Mächte denken, wohl nicht glauben, aber sicher war ER sich da nicht.

Gewiß, ja, bestimmt, ER fühlte sich beim Betrachten des Goldapfels erhoben in eine Welt, die ER nur durch den Kunstgenuß erleben konnte. Der so natürlich aussehende Goldapfel erinnerte ihn daran, daß der Künstler - in diesem Fall ein Goldschmied - Natur und Welt nicht verändern und sie auch nicht schöner gestalten will, als sie ist. Der Künstler hat das Vorrecht, seiner tieferen Wahrnehmungsfähigkeit Ausdruck zu verleihen. Viele können schließlich die Natur, sei es ein Mensch, ein Tier, eine Blume, - einen Apfel – nachbilden, deshalb muß die Nachbildung noch lange nicht zum Kunstwerk werden. Das, was in der Natur als belanglos oder häßlich erscheint, ist dem Künstler als Vorlage für sein Werk nicht verboten, denn er kann durch seine Sicht und durch sein Können, das allerdings unabdingbar ist, dem Kunstwerk ein Aussehen geben, daß es als schön empfunden wird. Das gilt für alle bekannten Formen der Kunst. Das bildnerische Kunstwerk kann nichts sagen, doch kann es beim Betrachter Gefühle bestimmter Art hervorrufen, die der wahre Künstler so gewollt hat und die den Betrachter dazu führen, das Kunstwerk als Ausdruck einer Wahrheit zu erkennen.

ER trank die Flasche nicht leer, mit einem jener praktischen Flaschenverschlüsse hielt sich der Champagner bestens bis zum nächsten Abend, ER brauchte dann auch keine Kohlensäure mehr herausschlagen, der Champagner war dann ganz nach seinem Geschmack. ER ging nach 24 Uhr zu Bett, wie fast jeden Tag. Den Goldapfel nahm ER mit in das große und äußerst geschmackvoll eingerichtete Schlafzimmer. Als kleiner Junge hatte ER seine ersten Indianerfiguren mit in das Kinderzimmer genommen und auf den Nachttisch gestellt. ER hatte diesen Brauch beibehalten. Wenn ER etwas Schönes erworben oder geschenkt bekommen hatte, stellte oder legte ER es eine Zeitlang auf den Nachttisch, um sich vor dem Einschlafen daran zu erfreuen. Da ER und seine Frau von Beginn der Ehe an getrennte Schlafzimmer hatten, hatten sich daraus noch nie Schwierigkeiten ergeben, allenfalls lächelte seine Frau nachsichtig, wenn sie bisweilen das sah . ER schlief sehr gut.

Am nächsten Morgen rasierte ER sich und schaute dabei in einen Vergrößerungsspiegel, dabei glaubte ER, daß seine Gesichtszüge entspannt wirkten, ja, daß seine tiefsten Falten ihm etwas geglätteter vorkamen, nicht mehr so tiefe Gräben bildeten. ER war nicht sehr eitel, aber gepflegt und nicht vorgealtert wollte ER schon aussehen. Es war mehr eine Art Inneneitelkeit, so wäre ER allein niemals in Unterwäsche, mit Hosenträgern ohne Sakko oder gar ungewaschen zu Tische gesessen. Als ER einen Wappenstein von seinem Goldschmied fassen ließ, schmiedete dieser die Anfangsbuchstaben seines Namens unsichtbar für andere unter den Stein - es genügte, wenn ER das wußte. Jedenfalls freute ER sich über sein Aussehen und schob es dem Erholungsurlaub auf Sylt zu. Bei seinem Vormittagsspaziergang fühlte ER sich frischer als gestern, obwohl ER schneller ausschritt. Am Nachmittag am Strand schwamm ER weiter und leichter in das Meer hinaus, was ER schon lange nicht mehr gewagt hatte. Wohlgefällig betrachtete ER von seinem Sitz im Strandkorb aus einige hübsche junge Damen, die splitternackt am Strand sich bewegten. Bei ihm zeigte sich ebenfalls eine Bewegung, die ein locker gelegtes Handtuch unbeobachtbar machte. Auch gutgebaute Männer fand sein Blick, ER verglich sie dann mit antiken Bronzen und Marmorstandbildern. ER hatte Bekannte, die das nicht verstehen konnten. In Zimmern seines Hauses in Baden standen mehrere kleine und mittelgroße Bronzeskulpturen von erlesener Schönheit und handwerklicher Perfektion, deren Erwerb nur möglich gewesen war, weil an dem inzwischen in hohem Alter verstorbenen deutschen Bildhauer der moderne Kunstbetrieb achtlos oder teilweise auch verächtlich vorübergegangen war, sofern man ihn überhaupt zur Kenntnis genommen hatte. Seine Frau hatte seinerzeit nicht widersprochen, als ER sich entschlossen hatte, neben den klassischen Schönheiten auch eine expressionistische Christusfigur von dem alten Bildhauer zu kaufen. „Diese merkwürdige Insel!" dachte ER bei sich, „sie macht einen doch immer wieder frisch. Welches Geheimnis mochte dahinter stecken? Lage, Wind und Wetter, Meer, Ernährung und Ruhe, Müßiggang, nun ja." ER brauchte darüber nicht nachzudenken, ER war kein Arzt und kein Naturwissenschaftler, die wußten das alles besser und konnten es entsprechend erklären. Freilich wußte auch ER, daß die Schwerkraft den Zeitverlauf beeinflußt und daß deshalb Küstenbewohner langsamer altern als Bergbewohner.

Nach dem Abendessen, ER hatte vorzügliches Schollenfilet in einem Fischlokal gegessen, freute ER sich auf die Behaglichkeit des Ferienhauses - und auf den Apfel, der ihn mit seinem Goldschimmer erwartete. ER nahm ihn wieder mit in sein Schlafzimmer und legte ihn behutsam auf das gefaltete frische Taschentuch auf seinem Nachttisch; am nächsten Morgen wollte ER ihn auf dem reich gedeckten Frühstückstisch dabei haben.

Beim Rasieren, ER schaute dabei wieder in den Vergrößerungsspiegel, hatte ER erneut den Eindruck, daß ER sich abermals verjüngt hatte, die tiefen Gesichtsfalten waren beinahe verschwunden, ER sah auch fast keine grauen Haare mehr. Er lächelte vor sich hin, „wie kann ein Philosoph eitel sein?" dachte ER bei sich, aber sein jünger wirkendes Gesicht gefiel ihm.

Als ER zu seinem täglichen Wattspaziergang aufbrach, hatte ER sein Aussehen wieder vergessen, doch wurde ER am Nachmittag am Badestrand daran erinnert, als sein Strandkorbnachbar, mit dem ER hie und da ein belangloses Wort wechselte, meinte, er müsse sich glänzend erholt haben, der Urlaub auf Sylt scheine ihm in besonderer Weise zu bekommen, sehe er doch deutlich verjüngt aus. ER bedankte sich artig für das Kompliment, unter Männern ja wohl nur selten ausgesprochen. Nach dem Strandbesuch aß ER in einem Fischlokal zwei Matjesheringe mit einer feinen Sauce und trank ein Glas Weißwein dazu. Dann fuhr ER über Westerland, wo ER in einer Buchhandlung nach einem Buch schaute, zurück in das Ferienhaus, las noch viel und schaute fern.

Den Goldapfel nahm ER wieder mit in sein Schlafzimmer, das war schon selbstverständlich geworden. Als ER am nächsten Morgen in den Spiegel schaute, erschrak ER nun doch: Da schaute ihn nicht mehr ein deutlich erholter Mann von dreiundsechzig Jahren an, sondern das jugendfrische Gesicht eines etwa Dreißigjährigen blickte erstaunt, erschrocken ihn an. Was ging da vor? Einerseits freute ER sich über die unglaubliche Verjüngung, aber ER mußte fürchten, man werde von ihm glauben, ER habe sich einer Schönheitsoperation unterzogen, habe sich liften und die Haare färben lassen. Doch auch sein Körper entsprach dem jugendfrischen Gesicht - und die Manneskraft war deutlich spürbar, ER würde am Strand sein Handtuch griffbereit halten müssen. Kopfschüttelnd verließ ER das Badezimmer, kleidete sich an und bereitete sich sein Frühstück. Eigenartigerweise machte ER sich aber schon während der Teezubereitung keinerlei Gedanken mehr über sein Aussehen, es war, als sei das bereits selbstverständlich, verändertes Aussehen entsprach verändertem Denken, ein Gleichklang. In seiner badischen Heimatgemeinde kannte ER einen grobschlächtigen, aber lustigen Arbeiterbauern, der ihm wiederholt erzählte, daß er morgens schon ein paar rohe Eier austränke und mit einem Schnaps nachspüle; dabei pflegte er hinzuzufügen: „Wie die Freßlust, so die Geschlechtslust!" Daran mußte ER plötzlich denken, als ER mit besonderer Freude frühstückte. ER schüttelte den Kopf über die schlichte Lebensweisheit des fröhlichen Bauern und begab sich sodann auf den täglichen Wattspaziergang. ER hatte Zeit und Muße, über sich nachzudenken. Die Verjüngung war eine Tatsache. War ER krank? Ganz gewiß nicht, ER strotzte vor Gesundheit und Lebenskraft, das war doch ganz offensichtlich.

ER empfand den Herbst seines Lebens weder als bedrückend noch als belastend. Dem modernen Trend, sich mit allen Mitteln gegen das Alter zu stemmen, folgte ER nicht, weil ER das als töricht und unmännlich ansah, was nun aber nicht dazu führte, daß ER altmodisch oder konservativ auftrat. ER hatte über dreißig Jahre denselben Schneider gehabt; nach dessen Tod trug ER nur noch Konfektionskleidung. Die Vorliebe für schöne Krawatten war ungebrochen. Auch ER vertrat die Lebensweisheit, daß jeder alt, aber niemand älter werden wolle. ER war weit entfernt von Victor Hugos Bemerkung, daß alle Leidenschaften mit dem Alter verschwänden. „Kommt Zeit, kommt Rat" oder der Satz aus dem Alten Testament „Ein jegliches hat seine Zeit" gefielen ihm besser. Wenn ER allerdings nach vielen Jahren erstmals wieder einen Studienkollegen oder eine ihm von früher her bekannte Dame traf, die wegen ihrer Schönheit ihm im Gedächtnis geblieben waren, wurde ER schmerzlich an das Verblühen des Menschen erinnert. Und ER zitierte dann Shakespeare:

"Die Zeit schlägt Falten in die reinste Stirne,
Entstellt die schöne Wahrheit der Natur
Und prägt auf alles der Vernichtung Spur."

Der Erholungsurlaub auf Sylt verzögerte das glücklicherweise alles ein wenig. Aber sein jetziges Aussehen, diese unerklärliche Verjüngung, war damit allein nicht verstehbar.

Nach einer Weile erreichte ER die Stelle, wo ER den Goldapfel gefunden hatte, und ER blieb dort für eine Weile stehen. Am Watt hielten sich häufig viele Seevögel aller Art auf, von denen ER viele bestimmen konnte und über deren Anwesenheit ER sich immer freute. Ein paar morsche Holzpfähle ragten aus dem Wasser, und auf dem höchsten saß eine Krähe, nein das konnte keine Krähe sein, das war ein Rabe - und was für ein Kerl von Rabe. Es konnte sich bei dieser Größe nur um einen Kolkraben handeln, den ER in freier Wildbahn freilich noch nie gesehen hatte. Als ER einen Schritt machte, hoben die Seevögel erschrocken ab, doch der Kolkrabe blieb ruhig sitzen, und es schien, als blickte er ihn neugierig an. Das prachtvolle Gefieder glänzte makellos schwarz, seinen Körper hielt er vorne ziemlich hoch, und nun bewegte er den wuchtigen Schnabel und ließ ein „Kolk! Kolk!" hören. Dabei schaute der große Vogel ihn unverwandt mit seinen braunen Augen an. Seine Flügel hielt er etwas vom mächtigen Körper ab, so, als ob er seine Flugbereitschaft zeigen wollte. Dann nickte er ihm mehrmals zu, ließ verschieden betonte Laute hören, nickte ein letztes Mal und hob vom Pfahle ab, entfernte sich mit gewaltigen Flügel-schlägen in Richtung Norden, höher und höher, als ob er geradewegs in den Himmel fliegen wollte. Schon bald darauf war er nicht mehr zu sehen .

ER hatte sich gefreut, einen Kolkraben in Freiheit gesehen zu haben. Es gab fast keine mehr in Deutschland, aber in Schleswig-Holstein sollte es noch welche geben, das hatte ER einmal gelesen. Der mutige Kolkrabe war von Jägern und Bauern gleichermaßen gefürchtet, griff er sich doch sämtliches Hausgeflügel, wo immer er es rauben konnte, auch Lämmchen waren ihm nicht zu groß. Frech und geschickt schlug er Hasen, Fasanen und Rebhühner. Er schien dabei alle Schliche zu kennen. „Ein Kolkrabe! Was der hier vorhatte?" ER lief weiter, und dabei überkamen ihn Gedanken, die sich ihm geradezu aufdrängten, deren rasche Flut ER kaum ordnen konnte, ER, der Klarheit und Ordnung über alles schätzte.

Wie hießen doch gleich die Kolkraben, die in der germanischen Mythologie eine große Rolle spielten? Huginn und Muninn, ja, so waren ihre Namen. Sie hatten ihren Platz auf der rechten und linken Schulter vom höchsten germanischen Gott Wotan, wenn er im Kriegerparadies Walhall mit seinen Göttern und den von Walküren auf den Schlachtfeldern aufgesammelten Kämpfern saß, die alle Met aus dem nie versiegenden Euter der Ziege Heidrun tranken, die auf dem Dach von Walhall stand. Götter und Krieger aßen Kochfleisch von dem sich ständig erneuernden Eber Sährimnir. Wotan allerdings trank keinen Met, sondern Wein. ER kannte sich bestens aus, wahrscheinlich war ER einer der letzen Kenner der deutschen Mythologie, die nach dem Zweiten Weltkrieg völlig aus dem Bildungskanon der Deutschen verschwand, was ER sehr bedauerte, denn ein Volk ohne Kenntnis seiner Herkunft und seiner Naturreligion ist eigentlich wurzellos. ER kannte den Grund der Verdrängung, der in der Verherrlichung und einseitig rassistischen Darstellung durch das Dritte Reich lag. Die Forschung war allerdings nicht stehengeblieben, und ER hatte alle wichtigen Veröffentlichungen auf diesem Gebiet gelesen. „Schau an, ein Kolkrabe! Daheim im Süden habe ich noch nie einen gesehen, zu den mit der römischen Zivilisation nie in Berührung gekommenen Schleswig-Holsteinern wird er wohl auch besser passen." ER spottete gern ein bißchen, was ihm manchmal übel genommen wurde. „Womöglich war es Huginn, der als besonders neugierig und furchtlos galt?" Wotans Raben, das wußte ER sehr genau, wurden jeden Morgen in die Welt hinausgeschickt, um das Weltgeschehen zu beobachten und sodann dem Göttervater zu berichten. Warum war ER auf Huginn gekommen? Götter sind nur so lange lebendig, wie man an sie glaubt, irgendwann war auch mit dem Glauben an die germanischen Götter Schluß damit gewesen. Da ER aus Süddeutschland stammte, war ihm der Name Wotan geläufiger, selbstverständlich wußte ER, daß im Norden ein anderer Namen des germanischen Hochgottes, Odin, gebraucht worden war.

Während ER weiterlief, dachte ER nach, und seine Vorstellungskraft ging mit ihm durch. Als Wotan und seine Brüder Vili und Vé den Urriesen Ymir erschlagen und aus seinem gewaltigen Körper die Welt geformt hatten, hatten sie zuletzt aus seinem Schädel den Himmel gemacht, gestützt von vier Zwergen, die die Namen Südri, Westri, Nordri und Ostri trugen und die aus den

Maden im Fleisch Ymirs entstanden waren. Im Himmel wollte Wotan mit seinen Göttern selbst wohnen, und da die Kriegergötter sich nach ihrem Geschlecht Asen nannten, gaben sie ihm den Namen Asgard. Die Erde bevölkerten sie mit den Menschen, deren erste sie aus Baumstämmen geschaffen hatten. Die Erde nannten sie Midgard.

„Warum saß der Kolkrabe an der Stelle, wo ich den Goldapfel gefunden habe? Hatte er mich beim Finden beobachtet, war ich ihm zuvorgekommen, denn Raben wie Elstern stehlen gerne glänzende Gegenstände. Jetzt war er davongeflogen und berichtete Wotan, oder hatte er meinen Fund schon gemeldet und war mit einer Botschaft zu mir geschickt worden. Warum hat der Rabe mich so eindringlich angesehen, und warum ist er erst davongeflogen, nachdem er sich ausgiebig geäußert hatte?“

ER blieb stehen. Im Augenblick war ihm alles klar geworden. Es gab keinen Zweifel mehr, denn ER konnte nur eine Erklärung finden: Es gab eine germanische Göttin namens Idun, die Frau des Sängergottes Bragi, die in Asgard eine fest umrissene Aufgabe zu erfüllen hatte, und zwar die goldglänzenden Äpfel zu hüten, von denen die germanischen Götter täglich essen mußten, um ihre Schönheit, Jugendfrische und Manneskraft zu erhalten. Der von ihm gefundene Goldapfel war eine Nachbildung der goldglänzenden Äpfel Iduns. Das also war des Rätsels Lösung. Ein Goldschmied von höchstem Können hatte ihn einem germanischen Fürsten geschmiedet, ein Kleinod von großer Schönheit und hohem Wert.

ER war weitergegangen. Doch wie stand es um die bei ihm eindeutig und nachweisbare Verjüngung, die bei ihm feststellbar war, seit ER den Goldapfel bei sich hatte. Kein Goldschmied auf der Welt konnte oder kann einen Apfel mit solch einer Wirkung schmieden. ER dachte weiter nach: „Ich bin verrückt, wie kann ich als kühl und klar denkender Mensch, als Kantianer, mich so in meiner Vorstellungskraft verlieren?" Aber sein Gedankenfluß war nicht mehr zu bremsen. ER kannte die Geschichte von Iduns goldglänzenden Äpfeln der Verjüngung viel zu gut, als daß ER sie nun verdrängen konnte:

„Der germanische Hochgott Wotan, der gerne den Riesenabkömmling Loki mit auf Reisen nimmt, weil er ihm ungemein hilfreich ist, war tagelang unterwegs gewesen, die Reisevorräte waren ausgegangen, und so waren sie froh, als sie in einem Bergtal eine kleine Viehherde weiden sahen. Flugs schlachtete Loki eines der Rinder, briet Teile davon zwischen von einem Feuer erhitzten Steinen, denn Feuer zu machen ist ihm seine liebste Beschäftigung, weshalb ihn die

Menschen auch häufig Feuergott nannten, was aber nicht zutraf, denn er war kein Ase, sondern nur von den Göttern in ihrem Kreis geduldet. Das Fleisch war nicht genießbar, es wollte und wollte nicht gar werden. Zwar gab sich Loki alle Mühe, doch vergebens. Wotan wunderte sich schon, wie so etwas möglich war, als er und Loki eine laute Stimme aus dem Wipfel der stattlichen Eiche, unter der sie saßen, sprechen hörten. Gleichzeitig schauten sie nach oben und erblickten einen großen Adler, der alsbald weitersprach und von den Fleischbrätern ein Stück abverlangte; würde er etwas bekommen, so sagte er, sei das Fleisch gleich sehr zart und bekömmlich. Die beiden hungrigen Wanderer stimmten gerne zu, und im Nu kam der Adler herabgeschossen, schnappte sich mit seinen Fängen die Vorderläufe und die Hinterkeulen des Rindes, so daß fast nichts mehr für die Hungrigen übrigblieb. Um Wotan zu gefallen, wollte Loki mit einer Holzstange, die gerade dort lag, den verfressenen und unverschämten Adler erschlagen und traf ihn auch voll auf den Rücken. Doch der Adler plusterte sich nur ein wenig auf und flog mit seiner Beute davon. Die Stange hatte sich aber weder vom Rücken des Adlers gelöst noch konnte Loki seine Hände von der Stange abgleiten lassen, und so flog der mächtige Vogel mit dem an der Stange hängenden Loki über Stock und Stein, Berg und

Tal, so daß dessen Füße, Beine und Knie bald überall aufgeschlagen waren und die Erde sich mit Blut färbte. Loki, der durch einen Zauber nicht von der Stange loskam, bat und flehte den Adler an, ihn loszulassen. Schließlich verlangte dieser von Loki, wenn er ihm die Göttin Idun mit ihren goldglänzenden Äpfeln verschaffe, könne er befreit werden. Loki weigerte sich, und so schleifte der Adler den jammernden Loki weiter durch Feld und Flur, bis er endlich dem Adler versprach, ihm Idun mit ihren goldglänzenden Äpfeln in seinen Besitz zu bringen und das mit einem Eid bekräftigte. Der Adler ließ ihn los, und Loki ging zurück nach Asgard. Um seinen Eid nicht zu brechen, mußte er sich etwas einfallen lassen, um Idun mit ihren Äpfeln dem Adler auszuliefern. Eines Tages bot sich eine günstige Gelegenheit. Bei schönem Spätjahreswetter erzählte er der Göttin Idun, er habe in einem Wäldchen einen großen Baum mit Äpfeln von seltener Schönheit und Größe gesehen, ob sie diese nicht mit den ihren vergleichen wolle. Die Götter sind allesamt sehr neugierig, und so nahm Idun ihren Korb mit den goldglänzenden Äpfeln und ging mit Loki zu dem Wäldchen, um einen Vergleich vorzunehmen. Als diese keine Äpfel sah und verärgert Loki danach fragte, flog plötzlich der mächtige Adler heran, mit dem sich Loki heimlich verabredet hatte und entführte Idun *nach Thrymheim, seinem Hof, denn der Adler war in Wirklichkeit der sehr reiche und mächtige Riese Thjazi. Ihren Reichtum maßen er und seine Brüder beim Tode ihres Vaters, indem sie jeweils ein Maul voll Goldkörner nahmen. Keiner der Götter hatte Idun weggehen sehen, niemand wußte, wo sie sein könnte, sie wurde wegen der Äpfel schmerzlich vermißt, die die Götter täglich benötigen, um ihre Jugendkraft und Schönheit zu erhalten. Vergeblich schwärmten die Götter aus, um sie zu suchen, ohne jeden Erfolg. Einer der Götter hatte aber glücklicherweise wieder einmal aufgepaßt, und das war Heimdall, der göttliche Wächter an der Regenbogenbrücke Bifröst, die von Midgard, der Erde, nach Asgard, dem Göttersitz, führt. Heimdall sah bei Tag und bei Nacht hundert Meilen weit, und sein Gehör war so fein, daß er das Gras auf den Wiesen und die Wolle auf den Schafen wachsen hörte - und alles was lauter war. Man könnte meinen, Heimdall habe Loki Tag und Nacht im Auge, die beiden können sich nicht leiden und haben manchen Streit miteinander gehabt. Heimdall hatte vor der Aufnahme Lokis in den Kreis der Götter vor ihm gewarnt und ihn als den zukünftigen Verderber der Götter bezeichnet, was Loki ihm nie verzieh. Heimdall gab dem Götterrat bekannt, er habe Idun zuletzt in Begleitung von Loki gesehen. Loki wurde von Göttervater Wotan eingehend ver-*

nommen, und als dieser vorgab, von nichts zu wissen, drohte ihm Wotan mit schwerer Folter oder gar Tod, wenn er nicht unverzüglich Idun wieder herbeibringe. Die Göttinnen und Götter zeigten Spuren beginnenden Alters, ihre Haut runzelte bereits. Loki mußte sich, um sein Leben zu retten, auf den Weg machen, um Idun zurückzubringen, allerdings unter einer Bedingung, auf die er nicht verzichten konnte, um Erfolg zu haben, nämlich man müsse ihm das Falkengewand der Göttin Freyja geben, die neben der Göttin Frigg, der Frau des Hochgottes Wotan, ein Falkengewand besitzt, das die Göttinnen bei Bedarf oder zum Vergnügen überstreifen und damit pfeilschnell durch die Lüfte fliegen können. Freyja lieh also auf Geheiß Wotans Loki ihr Falkengewand, das dieser hastig überstreifte und sich in den hohen Norden, in die Heimat des reichen und zauberkundigen Riesen Thjazi, aufmachte. Der Riese war nicht zu Hause, aber erst als Loki sicher war, daß er von keinem Riesen beobachtet worden war, glitt er nieder, gab sich Idun zu erkennen, die sich mit ihren goldglänzenden Äpfeln im Korb von seinen Fängen aufnehmen ließ, und mit der schweren Last flog Loki zurück nach Asgard. Der Riese Thjazi hatte auf dem Meer gefischt und den großen Falken um sein Gehöft streichen und landen sehen. Riesen kennen die Verwandlungskünste der Götter recht *gut, und so hatte er schnell geschlossen, daß der große Falke Freyja oder Frigg sein mußte, der Idun zurück nach Asgard bringen sollte. Er rief seiner hübschen Tochter Skadi zu, daß er den Falken verfolgen werde, streifte sein Adlergewand über, flog mit gewaltigen Flügelschlägen dem Falken nach und kam diesem immer näher. Göttervater Wotan stand mit einigen Göttern vor Walhall und beobachtete sorgenvoll die Verfolgungsjagd. Schnell ließ er einen trockenen Reisighaufen vor dem äußeren Wall Asgards errichten und stellte einen Diener mit einer brennenden Fackel daneben, der auf einen Ruf von ihm den Holzstoß sofort entzünden sollte. Der Adler war nur noch wenige Flügelschläge vom Falken mit Idun entfernt und hob schon seine Fänge hoch, um rechtzeitig zugreifen zu können, da gelang es Loki gerade noch, mit äußerster Anstrengung über den Wall zu fliegen und zu landen. Wotan gab den Feuerbefehl, und im Nu prasselte ein Feuer hoch in die Luft, in das der Adler voll hineinglitt; sein Gefieder wurde versengt, er stürzte ab und wurde von Loki mit einer Stange zu Tode geprügelt, der sich auf diese Weise für die Gemeinheit des Riesen rächte. Iduns goldglänzende Äpfel waren aber wieder im Besitz der Götter, und bald waren sie durch den Genuß derselben wieder jung, schön und stand-*

fest, denn ihre Manneskraft hatte bereits stark ge-
litten. "

Diese Geschichte war zu Ende gedacht, doch nun spann ER s e i n e Geschichte: Auf dem Flug zurück nach Asgard war durch eine ungeschickte Bewegung Lokis der Korb Iduns mit den goldglänzenden Äpfeln geschüttelt worden - und ein Apfel war ins Meer gefallen, wo er im Laufe von Jahrhunderten - die Götter waren längst verschwunden - seinen Weg hierher nach Sylt gefunden hatte und von ihm nun gefunden worden war. Für die Götter waren Iduns goldglänzende Äpfel eßbar, für Sterbliche nicht, das war ihnen verwehrt, sie waren schließlich vergänglich. Es blieb die großartige Wirkung der ganzheitlichen Erholung und der Erfrischung von Körper, Geist und Seele. Der Goldapfel verschenkte das alles, er mußte eine göttliche Strahlkraft besitzen. Der Goldapfel war sicher schon sehr lange im Meer vor Sylt gelegen, und er hatte auf alle Menschen, die dort Erholung suchten, gewirkt, und zwar in der Form, wie ER es selbst seit vielen Jahren gewohnt war. Doch die unmittelbare Berührung mit ihm war zu stark, die Verjüngung für einen Sterblichen nicht ertragbar.

ER konnte den Goldapfel nicht behalten. Den Syltern zu übergeben, damit diese ihn ausstellten oder in einen Tresor legten, kam ihm nicht in den Sinn, auch das Germanische Nationalmuseum in Nürnberg schloß ER aus - das war alles zu gefährlich. Der Goldapfel mußte zurück in das Meer vor Sylt, zurück in die Natur, damit er von dort seine verträgliche Heilkraft ausstrahlen konnte, die den Besuchern und Bewohnern von Sylt so guttat. Es war denkbar, daß die germanischen Götter in einer Art Ausgeding lebten, wie die Bayern sagen, sozusagen nur noch mit sich selbst beschäftigt, ohne Herrschaft über Menschen, also in ihrem Asgard wohnten, im Himmel, der ja groß genug ist, um alle jemals erdachten Götter aufzunehmen, auch Zeus und seine Olympier, die dann in einem südlichen Himmel lebten. Jedenfalls war Huginns warnendes Auftreten deutlich genug gewesen, mit Hochherzigkeit hatte sein Entschluß nichts zu tun.

Als ER in das Ferienhaus zurückkam, holte ER Bleistift und Papier, ein Lineal und ein Metermaß, vermaß den kleinen Goldapfel sehr genau, notierte sich das, und danach zeichnete ER ihn sorgfältig in seiner ganzen Schönheit, mit allen Unebenheiten, so gut ER das eben konnte.

Noch in derselben Nacht lief ER zum Meer, schritt mit seinen Gummistiefeln weit hinaus und warf den Goldapfel dorthin zurück, wo er ihn durch Zufall gefunden hatte. Durch Zufall? Zufall war in der germanischen Mythologie anders gesehen worden, als man das heute sieht. Der Zufall war nicht Willkür, schon gar nicht unwesentlich, unnötig oder gar unbeabsichtigt. Der Zufall stand für das waltende Schicksal, denn der Zufall traf denjenigen Sterblichen, den er treffen sollte. Der Zufall ist also gelebtes Leben, gestaltendes Schicksal. Zwischen Zufall und Schicksal bestand eine Anziehung, eine Beziehung, ein Bezug. Die Germanen hatten keine Göttin oder einen Gott des zufälligen Glücks, dazu waren sie wohl zu ernst. Das Schicksal hatte es also gefügt, daß der Goldapfel vor Sylt lag und Erholung suchenden Sterblichen seine Kraft spendete. Das Geheimnis war gelüftet - doch nur für ihn. ER war froh über die von ihm gemachten Gedanken, in deren Folge ER den Goldapfel den Göttern zurückgegeben hatte. ER fühlte sich sichtlich erleichtert.

Als ER nach Tagen und deutlichen Zeichen der Erholung nach Baden zurückfuhr und in seinem Hause ankam, allerdings nun wieder mit Falten und ergrautem Haar, meinte seine Frau nach einer heftigen Umarmung, es sei wohl besser, wenn sie in Zukunft wieder regelmäßig nach Sylt mitkäme, wann immer ihre noblen Freunde ihnen das behagliche Ferienhaus zur Verfügung stellten.

Wenige Tage nach seiner Rückkunft schrieb ER seinem Augsburger Goldschmied einen ausführlichen Brief mit sehr genauen Angaben und Skizzen und erteilte ihm den Auftrag - ER bat darum, Künstler müssen gebeten werden - einen goldenen Apfel zu schmieden, selbstverständlich hohl wegen des Goldpreises. Zum nächsten Geburtstag schenkte ER ihn seiner Frau, die sich über das prachtvolle Kunstwerk des hochbegabten Goldschmiedes sehr freute, hatte sie doch bei der zweimaligen Betrachtung des goldenen Granatapfels diesen überaus bewundert. Sie fragte deshalb nicht danach, warum ER diese Idee eines Geschenkes gehabt hatte; außerdem war ER schließlich in seiner Heimatgemeinde Vorsitzender des örtlichen Obst- und Rebbauvereins, da lag das ja auch auf der Hand. Der Goldapfel glich im übrigen vollkommen dem in das ewige Meer zurückgegebenen. Der Goldschmied hatte alle Angaben befolgt und die Maße sorgfältig übernommen, ein Unterschied mit Ausnahme des Gewichtes war nicht feststellbar. So hatte ER ihn also wieder, den Goldapfel von Sylt, einen aus dem Korb der Göttin Idun.

Niemals verlor ER ein Wort über seinen Fund von Sylt, niemand hätte ihm auch diese Geschichte geglaubt. Nun gut, allenfalls hätte ER in vertrauter Runde dies als den Traum eines älteren

Mannes erzählen können, aber selbst das tat ER nicht.

Eines aber verblieb ihm: Bevor ER das Goldäpfelchen dem Meer zurückgab, hatte ER es zum unumkehrbaren Abschied an die Lippen gedrückt. Bis in das höchste Alter behielt ER einen faltenlosen schönen Mund, über den sich viele wunderten - nur ER selbst nicht.

ANHANG

Die germanischen Götter

Im Norden Eis, Kälte, Dunkelheit, Niflheim genannt.

Im Süden Feuer, Hitze, Helligkeit, Muspellsheim genannt.

Aus schmelzendem Eis erwächst ein Urwesen, der Riese Ymir, Stammvater der Riesen. Die Urkuh Audumla leckt aus dem Eis den Stammvater der Götter, Buri, heraus.

Eine schöne Riesin namens Bestla heiratet Burr, den Sohn des Stammvaters der Götter. Burr und Bestla zeugen zeugen Wotan und seine Brüder Vé und Vili.

Die drei Brüder töten den Urriesen Ymir und formen aus ihm Asgard (der Ort der Götter), Midgard (der Ort der Menschen) und Utgard (der Ort der Riesen).

I. Die wichtigsten Gottheiten

1. Die Asen (mehr Kriegergötter)

Wotan (anderer Name Odin)
Oberster Gott, Vater der Götter und Menschen;
verheiratet mit Frigg

Frigg, oberste Göttin; Gattin von Wotan

Vé, Bruder von Wotan

Vili, Bruder von Wotan

Thor
Sohn von Wotan und der Riesin Jörd; Gott des
Donners und des Blitzes; verheiratet mit Sif

Sif
Gattin von Thor

Balder
Sohn von Wotan und Frigg; Lichtgott; verheiratet
mit Nanna

Nanna
Gattin von Balder

Tyr
Sohn von Wotan und einer schönen Riesin;
Kriegs- und Rechtsgott; (Tyr hatte ursprünglich
in der germanischen Mythologie eine andere
Stellung)

Bragi
Sängergott; Gott der Dichtkunst; Skalde; verheiratet mit Idun

Idun
Gattin von Bragi; Göttin der Jugend; verwahrt die
goldglänzenden Äpfel der Verjüngung

Heimdall
Wächtergott; unverheiratet

2. Die Wanen (mehr Bauerngötter)
Die beiden Göttergeschlechter der Asen und
Wanen standen sich ursprünglich feindlich gegen-
über, verbanden sich aber später zu einem Götter-
himmel

Freyr
Sohn des Gottes Njördr; Bruder von Freyja;
Fruchtbarkeitsgott

Gerdr
Gattin von Freyr; eine schöne Riesentochter, die den Wanen bzw. den Asen gleichgestellt wird

Freyja
Schwester von Freyr; Gattin von Odr; Göttin der Liebe und der Fruchtbarkeit
Odr
Gatte von Freyja (ob Ase oder Wane ist nicht bekannt)

Njördr
Verheiratet mit der schönen Riesentochter Skadi; nach einem alten Mythos soll er mit seiner Schwester verheiratet gewesen sein, aus der Geschwisterehe sollen Freyja und Freyr hervorgegangen sein

II. Die Sondergestalt Loki

Entstammt dem Riesengeschlecht; wird von den Asen in ihrem Kreis aufgenommen, ohne ihm einen echten Platz als Gott einzuräumen; mit der Asin Sigyn verheiratet; zeugt mit der Riesin Angrboda die drei Weltfeinde: die Midgardschlange, die Hel und den Fenrirwolf; Loki wird häufig als Feuergott bezeichnet